U0023949

堆疊的時空

乾坤詩刊二十週年詩選　古典詩卷

乾坤詩刊社 策劃；吳東晟 主編

乾坤詩選序

顏崑陽

《乾坤詩刊》在誕生之始，藍雲先生為它起「乾坤」為名，就已明示：現代詩與古典詩兼容並蓄之意。

由此，臺灣出現一份很特別的刊物，前後都是封面，右翻直排是古典詩，左翻橫排是現代詩。就這樣雙璧合一，從一九九七年一月創刊，到現在二〇一六年九月，我寫這篇序文時，已歷二十年，出版了七十九期。十月，第八十期就要琅琅高吟而出；古人二十而冠，以示成年，我們也應該為《乾坤詩刊》加冠，舉辦成年禮了。

最光彩的成年禮，除了二十週年慶之外，就是編輯一本詩選，以示豐饒的收割；於是，這本詩選就這樣風韻光亮的貢獻吟壇。所選都是近五年，刊登在六十一期到八十期的好詩，總數一五三首。詩人年齡，若不分存歿，則老者近百歲，少者二十餘；詩人居地，遍及臺灣、大陸、美國、加拿大；詩人學歷，中學、大學、碩士、博士皆有；而所學中文、外文、機械、醫療都是；所事或軍、或公、或教、或醫、或商、或工、或傳播、或尚在學；所詠詩體，古近律絕、五言七言、雜言齊言，各適其宜。而其中，於創作更有兼擅古典詩與現代文學者，張大春、古華能古典詩，又是著名小說家；陳文銓、黃亞婷，既擅古典詩，同時也是現代詩人。我，一腳踩在古典詩壇，一腳跨入現代散文界。

《乾坤詩刊》果真包涵乾坤，兼攝古今，而會聚群流。它不像《現代》、《藍星》、《創世紀》、《笠》這幾個同仁性、剛性的詩社及其詩刊，旗幟顏色那麼強烈，詩觀的主張、陣營的立場那麼無可商量。《乾坤詩刊》真的開放、溫柔多了；只要是詩，是好詩；只要是詩人，是愛詩、寫詩的人；它都坦開胸懷接納你。乾坤者，天地也，何事不涵？何物不載？詩，不論古典與現代，都已是這資本主義社會中，最無法化成鈔票而大眾視若天邊雲、海底沙的微物了；能有這片天地，讓所有詩人攜著他們的詩同棲共息，還分什麼今古、爭什麼黑白呢！

我剛踏入古典詩壇時，一九六〇年代，古典詩與現代詩壁壘分明、涇渭不犯。溫柔者，彼此各適其道，相安而存，卻不往來、不聚會；剛強者，則相互口誅之、筆伐之，水火同源是不可能的幻想。這樣的態勢，隨著社會文化情境的變遷，逐漸緩和。一九八〇年代，正是古典詩人張夢機教授聲望鼎盛之時，漸與現代詩人瘂弦、洛夫、張默、辛鬱、商禽、梅新等，頗為友好往來。當年，瘂弦安排一場現代詩人洛夫與古典詩人張夢機的對談，文字記錄就刊登在《聯合副刊》。這事一時傳為文壇佳話，表徵著現代詩與古典詩並存共在，彼此交流的時代來到了。有幾回，我曾躬逢其會，古典詩人黃永武、張夢機、陳文華與我，現代詩人洛夫、梅新，相約歡聚，一餐家常飯、數杯好酒、幾局小牌，席間說南道北，談詩論藝；古典詩與現代詩已在這日常生活情境中，讓詩人們拆掉意識型態的高牆了。一九九〇年代，《乾坤詩刊》誕生，更以具體實在的紙本刊物，正式宣告：詩無古今新舊，都是人們吟詠性情的產品，體有殊異，質無二致；而古典詩人藍雲、徐世澤、林正三、吳東晟等，與現代詩人林煥彰、龔華、須文蔚、紫鵑等，也彼此攜手維護這片包涵乾坤，兼攝古今，而會聚群流的詩歌園地。

二十歲的《乾坤詩刊》，從誕生開始，就面向一個政治黨派對立如讎敵、生命存在價值不確定、社會情境變化若煙雲的時代。這二十年間，「詩」更迅速被權力、金錢、電子科技，以及如狂潮席捲的聲色之娛所淹沒；於是，詩集、詩刊進入寒冬昏夜。詩刊，有些暫時蟄眠了，有些永遠打烊了；而《乾坤詩刊》卻還安定的存活著。它，肯定化不成鈔票；然則，如何還能循環正常、代謝無礙而呼吸順暢？這個疑問，我始終保持緘默，能活著就好！

乾與坤，是宇宙二元對立的存在時空基礎。它們不是抽象、靜態的呆滯在那兒；乃是以二元對立而變化、統合，更循環無盡的規律，展現陰陽迭代、剛柔相推、四季輪替，以致萬物生息、消長的現象；「永恆」卻必須依循這樣的「變化」歷程與規律，才能保存。那麼，《乾坤詩刊》之名，所表徵者也就不只是「兼容並蓄」之意，更有「二元對立而變化、統合，循環無盡」之意，它永續經營的動力，就在這一原理、原則之中。當年，它的誕生正好承繼著古典詩與現代詩二元對立的時勢而變化之、統合之。這不僅是經費條件的問題，而是「詩心」與「詩」內在本質如何能「與時俱化」、動力如何能源源不絕的問題。這兩個問題得到解答，則「循環無盡」才有其可能。

這本詩選的作品，詩人相即於日常生活，感物而動，緣事而發，而形諸吟詠。這類抒情、寫物、敘事之作為數甚多，皆有可觀者。詩者，吟詠性情也，古典詩在這個現代社會之所以命脈未絕，也就因為「詩本性情」，只要人的「性情」仍然是生之所具，詩就不會絕滅；有情人間，永遠需要詩。

然而，詩人所關懷者、所吟詠者，不能僅出之以陳言套語，了無創意。生活經驗與時俱殊，而詩材也應隨時更新；因此所感之物，所緣之事，都必須涵有回應當前存在情境的現代感與地方感，凡詠物、敘事、抒情都能做如此表現；則體製雖故，然而題材、意境卻應時而創新。選集中，這類作品還不少。

這類作品有些是個人「緣情」之詠者，例如黃天賜〈好辯歌〉、歐陽開代〈懷大母〉、姚啟甲〈遊輪上與內子共賞月圓〉、丁山〈題家山土地廟〉、吳榮富〈安平港瀏覽德陽艦〉、胡爾泰〈春登赤崁樓〉、江晟〈學插秧〉、林文龍〈釣土蟲〉、張大春〈讀于右老詩有感口占〉、林曉筠〈芭蕾伶娜〉、張富鈞〈人造花〉、饒漢濱〈下廚歌〉、胡詩專〈埔里圓環〉、孔捷生〈殷海光故居〉等。諸詩品格另當別論，其取材、表意卻都涵有現代感與地方感，實非浮泛老套之吟。

至於詩人所關懷者，豈在一己之情而已！當代眾所經驗之物事，群所感思之情意，可反映時代之治亂、諷諭世風之清濁，最得「言志」之傳統精神，例如唐羽〈觀選戰有感〉、許哲雄〈九一一事件十周年感言〉、林正三〈陰陽海〉、曾家麒〈都市更新〉、李知灝〈食不安〉等。諸篇姑不論優劣，其取材、表意則皆關切當代眾所經驗、感思之時事，以見治亂、清濁之實況；然而，這類詩歌不易表現，必須善用風騷之比興，或杜詩沈鬱頓挫之章法。

《乾坤詩刊》已二十歲，有如此選集以表豐饒之收割。我衷心為之序，並期待更多的二十歲，仍然維持一片古典詩人與現代詩人同棲共息的園地。選集中，五十歲以上的老成者，數已過半，終成前浪；但是，四十歲以下的後浪，卻也為數不少，他們已掌握薪火。人，代代輪替；詩，永遠以不同面目接續的傳遞下去。

目次

時賢詩選輯

第五屆乾坤詩獎

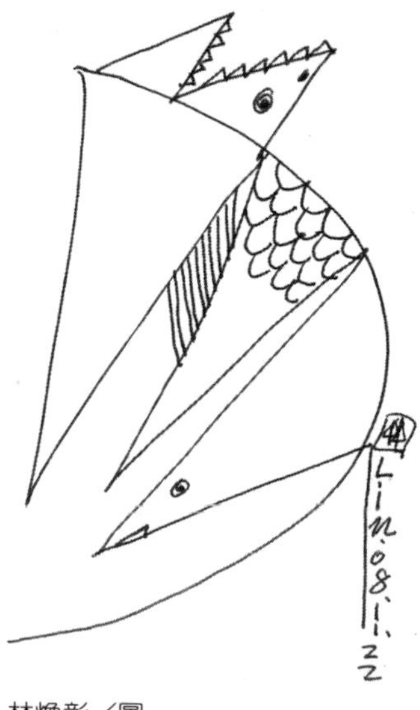

林煥彰／圖

龔必强

龔必强（1950-），佛光大學中文系碩士。曾任宜蘭縣政府專員、課長，宜蘭社區大學講師。曾獲教育部文藝創作獎，臺北、玉山、蘭陽文學獎，佛光大學文學創作獎、書卷獎，獎卿詩學獎，登瀛詩獎，網雅詩獎，優秀詩人獎。

澎湖隨筆

媽宮古城

漁火照孤城，詠懷吳總兵。順承初日暖，新復晚霞明。
香祖名千里，平湖水一泓。煙波天地外，惆悵古今情。

註一：媽宮城：又稱澎湖城，由首任澎湖總兵吳宏洛興建，於光緒十五年（西元一八八九年）完工，有朝陽門、迎薰門、即敘門、拱辰門、大西門、順承門，今僅存順承門於原址。
註二：新復：指馬公市新復路，連接順承門和大西門。
註三：香祖：開澎進士蔡廷蘭，字香祖，著《香祖詩草》、《海南雜著》。

中央老街

元代拓西瀛，明珠海上明。一街商店老，四眼井泉清。
天后恩先祐，施公劍乃鳴。康衢閒舉步，古意盎然生。

註一：元朝至元十八年（西元一二八一年）設澎湖巡檢司，首任巡檢陳信惠。

第五屆乾坤詩獎 龔必强

註二：中央街：舊稱「大井街」，為最早商業中心，號稱澎湖第一街，內有著名「四眼井」。

註三：明神宗萬曆卅二年（西元一六〇四年），已有天妃宮。清康熙廿二年（西元一六八三年），福建水師提督施琅攻佔澎湖，入廟拜謁，見神衣半濕，知是媽祖相助，奏請加封，翌年晉為天后。施軍苦無水，禱於媽祖，鑿井得泉，名曰「大井」，又稱「萬軍井」、「師泉井」。中央街有全臺唯一「施公祠」，與「萬軍井」同在中央街一巷。

奎壁分浪

奎壁耀長空，茫茫一望中。黑山尋犢子，赤嶼訪徐翁。

浪退羊腸靚，潮生水色濛。摩西分大海，恰與此間同。

註一：《聖經．出埃及記》稱摩西分紅海，率猶太人出埃及。澎湖奎壁山有相同奇景，每逢潮退，可步行至對岸赤嶼。

註二：《列仙傳．犢子》記載，犢子，鄴人，於黑山採食松子、茯苓，歷數百年，仙人也。

註三：徐翁：指徐福，奉秦始皇命，海外求仙藥，一去不返。

蛇頭戰場

蕭蕭征戰地，景色七分寒。強寇今何在，霸圖蹤已殘。

日船沉海底，蛇嶺插雲端。浪湧澎湖月，江山畫裡看。

註一：蛇頭山古戰場：馬公風櫃尾小半島俗稱「蛇頭山」，荷蘭人一六二二年在此築城。一八八五年法軍佔領澎湖，疫病死亡數百人，在此立萬人塚紀念碑。

註二：二戰期間日本艦隊駐紮蛇頭山水域，松島戰艦爆炸沈沒，於此立碑紀念。

林志賢

林志賢（1962-），出生於雲林縣北港鎮的一個小農村。十六歲離鄉到臺北讀建教合作。外島當兵三年，浪蕩臺北八年，三十歲成家，走入工地學空調工程。三十一創業，浮沉至四十歲方見穩。四十歲加入網路詩詞雅集學詩至今。

遊子四首

別鄉

十六仍生澀，華城似染缸。
沉迷深有悔，歲月本無雙。
得失終需淡，胸懷未肯降。
鄉心嫌善感，一月落千江。

征途

自估才智好，應可馭飛黃。
射虎弓無力，登台袖不長。
迷茫知浩瀚，潦倒體炎涼。
家業中年穩，奔波尚未央。

第五屆乾坤詩獎

林志賢

添歲

流光如惡獸，分秒噬青春。
屢逐無窮夢，徒勞有限身。
已將垂老者，況是倚閭人。
愧疚三更淚，非因嘆苦辛。

返鄉

故里春花燦，焉能一季看。
客途期未盡，島北地猶寒。
知足心同富，退居身可安。
何時從此住？漫步詠銀盤。

陳麗華

陳麗華（1954-），筆名蘆馨，高商畢業。偶在社區大學跟隨楊振福老師學習唐詩及創作。加入天籟吟社、春人詩社、古典詩刊、中華詩詞研究會等詩社。曾得臺北文學獎，乾坤詩獎等。

近日憂懷

病中眉不展，何以意蕭條？
人事言難盡，時光坐易消。
雨催詩得句，愁入酒傾瓢。
對景傷遲暮，秋心豈一朝。

有所思

夢到秋山處，濃愁一枕寒。
吟情聊寄託，俗事感悲歡。
多病謀身拙，非才入世難。
願同雲作伴，此去學鵬摶。

遣興有詩

雖有淩雲志，猶多避世心。
花間情自好，物外興能深。
雅道驚時變，何人嘆陸沉？
此懷無處訴，覓句為誰吟。

書懷

裁詩歌亂世，下筆不能休。
畏避奸邪輩，追尋鸑鷟儔。
懸知推物理，已識在人謀。
念此心何切，行吟散隱憂。

陳麗華

陳霈洵

陳霈洵，高雄人，目前尚於高師大經學研究所就讀，曾獲南風文學獎、中興湖文學獎，騷壇新秀，現亦從事中學的國文科教學，喜與諸生誦讀古典詩文。

記甲午年高雄氣爆

火龍騰地起，擘路肆砰訇。
翻覆何端厲，存亡幾瞬輕。
赤飆噴百戶，殷魘裂三更。
人禍于胡底，魚焉沸釜生？

昔外文所備一不錄

四載習惓惓。春闈冷暖煎。
宵寒淹曉色，書海化桑田。
長鋏無門入，短檠何夜眠。
賫才多委地，戢筆一潸然。

雷陣雨途步行返家

威炎善遣雷。雲泣鬧頻開。
雨矢風喧至，長空電斫來。
樹危疑互軋，波濁更繁催。
奮履如撐楫，葉舟安住洄？

別後

繁花隨事隕，寸寸慘如灰。
彤管幽心繫，子衿長思摧。
相知泥爪跡，兩忘海湖哀。
四宇風偕我，惟君得所哉。

按：「思」為名詞賓語時屬去聲寘韻。

第五屆乾坤詩獎 陳霈洵

陳亭佑

陳亭佑（1983-），臺灣臺中人，現就讀臺灣大學中文所博士班。曾獲教育部文藝獎、玉山文學獎、中央研究院傅斯年獎學金等。

小琉球速寫四章

烏鬼洞

疏鑿何年事，海隅留極觀。風穿石竇小，日映蘚苔寒。
寥寂猶今古，峋嶙亦肺肝。擎燈應細語，還恐促微瀾。

註：范成大：偉哉神禹跡，疏鑿此山川。

三隆宮

三年巡狩至，簫鼓競相催。天欲通乩筆，人爭踏火堆。
樓船依古制，家戶酹新杯。奔走漁童笑，迎王知又回。

註：小琉球每三年迎王，必先至海濱請水，雖入夜不休，俟降乩無誤，方迓返三隆宮前過火，合島歡騰，陣容之盛，為余所僅見。

陳亭佑

落日亭

小亭堪坐久，溟渤一望收。微閃疑鯨背，餘霞忽蜃樓。
偶然風鼓蕩，無數影沉浮。卻看從來處，飛星正暗流。

註：此亭在島最西側，固宜觀落日，觀星亦絕佳。

蛤板灣

盈盈天接水，百尺碧洄還。鷗鳥功名沒，瑚沙意趣閒。
浮潛通世外，往復遍潮間。拾貝聊終夕，明朝別海灣。

註：杜甫：白鷗沒浩蕩。該處係潮間帶沙灘。

吳佳璇

吳佳璇（1990-），現為執業中醫師。高中二年級時曾自學古典詩詞，大學後疏於練習，近二年方重拾詩筆。

醫護四詠

其一，急診

臺灣之急診，以其價賤，其所塞塗充道者，常微恙而已。若不疾治，動輒詈辱撲打，直令醫護者不知如何搶救急症也。

頑颸無竟日，亂葉任西東。臟腑支離地，悲歡惝恍中。
長吁又頹老，對詈已謙沖。解遍蒼生急，誰醫我寸衷？

其二，護理師

病人家屬時有目護理師為其僮婢者，咋呼以命為鄙事，乃揚揚自以為孝，豈真識其專業耶？豈知人皆有父母耶？

吳佳璇

為盡他人孝，家中父母悲。噓咻驚倦眼，涵穢漬瓊肌。
蓬首豈無沐，冰心空自知。青春磨碎了，灑作世間痴。

其三，值班醫師

夫醫師之值班，必三十六小時，不得安臥，亦時忘餐也，長此，則人皆有恙。噫！此皆少時嘗發願欲普救含靈之苦者，不意從醫後，自身乃不可保，況他人哉！

卅六小時過，不知昏與晨。霑衣膏血冷，隔日飯羹新。
猶仗為醫德，強移將病身。曾經發弘願，欲返杏林春。

其四，中醫系學生

凡今中醫系之學生者，必兼修西醫學也，已堪憐七八載寒窗，而課業復倍諸他系。嗚呼！旦考西醫解剖學，暮抱中醫傷寒論，以為日常，不亦慘哉！

欲繼往賢學，中西須併觀。終朝析筋肉，帶月辨芝蘭*。
漸慣書山臥，時驚夜色闌。誰知習醫者，身體已摧殘？

註：析筋肉，即大體解剖：芝蘭者，借指中藥材也。

先賢詩選輯

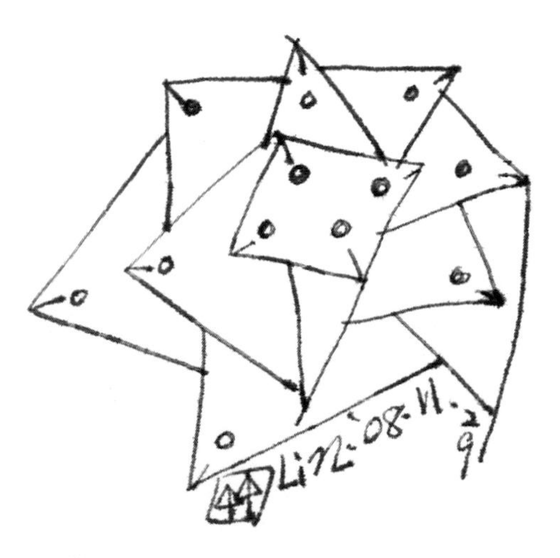

林煥彰／圖

蔡鼎新

蔡鼎新（1920-2015），福建福州人。本名蔡能琨，字鼎新，別號晚學齋主。詩學精湛，擅書法聯對。曾任中華粥會榮譽會長、于右任書法收藏研究院名譽院長、臺北市八閩美術會會長、甲辰詩書畫會會長、中華詩學研究顧問。著有《晚學齋隨筆》、《晚學齋詩稿》行世。二〇〇四年集結生平所著詩文聯稿出版《晚學齋類稿》套書十輯。其後又有《晚學齋類稿續編》、《晚學齋新編》二書。

淡定一詞邇來甚囂塵上拜讀傅叔詞丈字論略得端倪敬呈一律

何來淡定出新詞，口語毫端噪一時。
闡述中涵禪意在，溯源勿使慧珠遺。
初研暫得窺其概，窮究應能釋所疑。
探賾觀來頻拭目，廣邀同好學搜奇。

（第六十七期，二〇一三年秋）

玫瑰歌曲

小花自歛困花群，祇賸清香沒不聞。
幸得身登歌曲裡，聲聲愛我遏行雲。

（第六十八期，二〇一三年冬）

黃祖蔭

黃祖蔭（1929-2015），字承吉，齋號師竹齋。江西省樟樹市人。中興大學畢業，先後任教於時雨中學（位於金瓜石）、復興美工（位於永和）及省立新竹中學。學詩於乃舅張孟豪及湘籍大老許君武之門，喜繪畫，善藝評。曾獲金爵獎及乾坤古典詩獎。著有《勞生草》及《問藝錄》等。

晨起山中有唱者

老兵清唱甚淒涼，谷應山鳴共斷腸。
骨肉為何瀛海隔？從來對抗是炎黃。

（第七十一期，二〇一四秋）

丘逢甲

也領鄉軍效國藩，啼痕拭了保家園。
空扶正統成孤憤，另建新邦欲自尊。
將死兵殘矜起義，人猜族隙實含冤。
訛傳挾餉揚長去，考據從嚴莫巇言。

（第七十二期，二〇一四冬）

陳新雄

陳新雄（1935-2012），字伯元，江西省贛縣人。臺灣師大國文所博士。曾任教於輔大中文系、臺灣師大國文系、文化大學中文系。為國內聲韻學之權威學者。於詩詞尤喜東坡。著作有《古音學發微》、《音略證補》、《六十年來之聲韻學》、《等韻述要》、《新編中原音韻概要》、《聲類新編》、《文字聲韻論叢》、《訓詁學》、《古音研究》、《伯元倚聲．和蘇樂府》、《伯元吟草》、《東坡詞選析》、《東坡詩選析》、《詩詞作法入門》、《聲韻學》、《廣韻研究》等多種。

七十七生日感懷

近時真覺不如前。只有精神勝往年。
心喜南陽尊幼學，春臨人世煥新天。
商量培養規今昔，沉淪高明看後先。
七七生辰餘一事，中華經藝要相傳。

（第六十二期，二〇一二夏）

好事近 林來瘋用山谷一弄醒心絃韻

一出動心絃，七勝情懷縈疊。眼看君家身手，我淚珠盈睫。

天時地利與人和，相配光升頰。舉世華人同慶，飲玉漿金葉。

（第六十二期，二〇一二夏）

黃天賜

黃天賜（1939-2014），臺北市人，建國中學初中部畢業，少壯風月，幾毀家計，乃謀生於市井。平素好讀書，唯無師承，雖研佛理，不為佛徒，嗜莊好易，脫略自矜，有歌詠而不喜斤斧，唯其所以自樂也，乃號「無悔翁」。為「瀛社」社員，並於「長安詩社」指點後進。

天籟行

有客問我天籟聲，天地噫氣乃其名。衆竅隨其聲自發，無物可擬其韻清。詩人得之於天地，隨口吟唱傳其情。此籟天地之所洩，發之於人氣益精。或如龍吟出淵底，或如鸞鳳鳴前庭。或亦盤上珠迸走，其聲如玉溫且馨。我輩聞之心俱暢，世間何物堪比評？愧我卅年不得志，江湖飄泊獨伶仃。今夜受邀與此會，始聞諸子天籟鳴。世謀倚老秋氣發，群龍澗谷俯首聽。淑珍人中如鳳立，一曲春江連海平。澤南年少一開口，博學強聞天下驚！笑我平生少知友，喜此三人皆我朋。閒來無事相戲謔，有時卻好旗亭爭。人生何事堪相告？今特賦此天籟行。

（第七十期，二〇一四夏）

辯者歌絕筆

人言我好辯，不知我好學。好辯人皆知，好學人不覺。故我與人辯，率皆由此來。人雖相指責，我豈好辯哉？莊子與惠子，梁上互追問。魚樂君怎知，兩人起辯論。此論真絕辯，萬古乃傳名。愧我終未遇，遺憾恐終生。

（第七十三期，二〇一五春）

時賢詩選輯

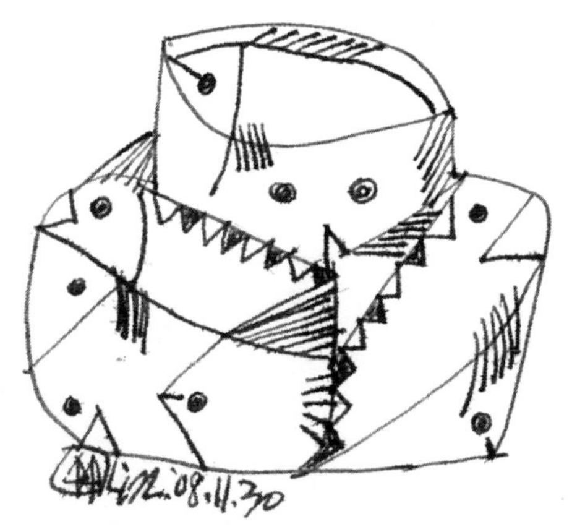

林煥彰／圖

陳子波

陳子波（1920-），字荊園，祖籍福建閩侯。曾任中華民國傳統詩學會副理事長、中華學術院詩學研究所研究委員、高雄縣文史學會理事長、鳳崗詩社社長、福建省詩詞學會顧問，並獲教育部頒授詩學最高「詩教獎」。曾纂《高雄縣志》，著有《中國歷代中興英雄傳》、《臺灣古今談》、《荊園游草》、《荊園詩存》、《荊園文集》等十三種計二百餘萬言。名列中華民國書畫家名鑑及中華民國現代名人錄。先後赴二十七國考察藝術文化，所至皆有詩文紀勝。

閒居雜詠　錄二

其四

門外楊花任意飛，主人懶出客來稀。
舊書補讀忘榮辱，新釀頻斟避是非。
歷劫思從禪理證，無才覺與世情違。
鬢毛凋落嗟吾老，仍是南閩一布衣。

其二十

遯世難尋一壑專，遑論廬後與王前。
紀年姑用義熙曆，索句避吟萁豆篇。

（第六十八期，二〇一三冬）

成佛還應思立地，學仙幾見得登天。
不嫌春到吾廬少，謝卻風華只愛眠。

（第七十一期，二〇一四秋）

時賢詩選輯

遺懷詩選

饒小康

饒小康（1927-），服軍職二十九年，轉業教職，任國民中學國文科教師十九年。其間歷兼組長、主任、執行秘書等職。退休後，臨池弄墨以寄興、推敲打油以自娛。

甲午元宵

元宵應是月圓宵，此夕蟾宮隱寂寥。
火樹銀花燈五萬，金吾不禁夜連朝。

（第七十一期，二〇一四秋）

手杖

悠遊南北與東西，舉步安然仗策藜。
暫佇從來相倚傍，徐行更未或分攜。
鳩喉不噎兼扶老，錫杖傳聲免謗詆。
旦暮惟虞化龍去，長隨左右遠顛躋。

（第七十四期，二〇一五夏）

徐世澤

徐世澤（1929-），江蘇東臺人，現居臺北。國防醫學院公共衛生碩士。曾任醫院主任、秘書、副院長、院長。出版中英對照《養生吟》詩集、《詩的五重奏》、《擁抱地球》、《翡翠詩帖》、《思邈詩草》及《新潮文伯》等。曾獲教育部詩教獎。現任詩人文化會副會長、乾坤詩社副社長。

暮年晚餐

暮年枯等夕陽殘，歡樂氣氛惟晚餐。
老伴精心調美味，親盼子女報平安。

（第六十二期，二〇一二夏）

晨景

家住高樓盆景陳，臨窗小鳥代司晨。
貓咪趕至通情意，輕喚老夫忙起身。

註：小鳥愛盆花而來，貓咪需要餵朝食。

（第六十三期，二〇一二秋）

時賢詩選輯

世澤詩選

問月

此事何從問月光，嫦娥離席往何方？
霓虹狂奪清輝美，商隱教余愛夕陽。

（第七十三期，二〇一五春）

饒漢濱

饒漢濱（1929-），福建上杭高中畢業。流亡福州，從軍來臺。砲八團學兵。後曾任中軍官。後考入臺灣師大國專科，畢業以全班首名依志願分發中市任教。

下廚歌

古訓君子遠庖廚，老拙詩顛作廚夫。粉筆成灰戈已鈍，日揮刀鏟棲蝸廬。數十春秋等閒度，切菜傷指痕猶故。鄉餚試作淚偷垂，料理幽懷吟小杜。南兒彌月備壺漿，簡陋難陳色味香。老伴傳承擅快炒，親朋舉箸樂傾觴。近年罹疾纏床榻，客少臨門六月霜。檯櫥寂冷心爐熱，家常葷素豈能忘。白藕紅椒醋溜肉，苦瓜排骨舒胃腸。蕃茄炒蛋稱方便，燉雞去皮益健康。詩思滯澀圍群繫，忘憂最好做羹湯。片刻居然盤七品，滿桌繽紛逗涎長。調鼎從容輕宰輔，悠遊食國自清狂。

（第七十七期，二〇一六春）

謝輝煌

謝輝煌（1932-），江西安福人。初中畢業。曾任通信分隊長、參謀、專員。國軍散文隊員，文協、新詩學會、三月詩會等會員。作品有散文、詩歌及評論等，散見國內外報刊及選集。出版有散文集《飛躍的晌午》一種。

杏壇故事　錄二

其五

竹片圍籬權作牆，黏糊報紙勝新房。
閒來無事慇懃讀，驚失娘家古戰場。

其六

雁來紅到小籬邊，兒問爹爹幾日還。
報導舟山頻撤退，又傳人已去阿蓮。

（第七十四期，二〇一五夏）

劉炳彝

藍雲（1933-），《乾坤詩刊》創辦人。本名劉秉彝，戶口登記為劉炳彝。祖籍湖北省監利縣，寄籍湖南省岳陽市。一九四九年來臺。曾任中小學教師三十餘年，一九九六年自教育界退休，翌年創辦融合現代詩與古典詩詞於一體的《乾坤詩刊》。著有詩集《奇蹟》、《海韻》、《燈語》、《日誌詩》及札記《宮保雞丁》等。

八十感懷　二首

歲月如流鬱鬱愁，人生能有幾春秋。
八旬已屬邀天幸，千萬毋須上壽憂。
冷眼旁觀塵世亂，清心自守洞天幽。
行來那計山川阻，況有耶穌伴我遊。

其二

生逢亂世苦飄蓬，海島淹留以老終。
碌碌慚無經世術，恂恂愧少賣瓜功。
胸中壘塊如沉石，筆下詩篇似洩洪。
莫謂人生疑若夢，有神同在不虛空。

（第六十四期，二〇一一冬）

唐羽

唐羽（1933-），原名蔡明通，字縱橫，以筆名行。宜蘭縣人，生於金瓜石。專從礦業史、家族學、方志學研究。著有《臺灣採金七百年》、《臺灣鑛業會志》、《魯國基隆顏氏家乘》、《雙溪鄉志》、《貢寮鄉志》、《臺陽公司八十年史》、《基隆顏家發展史》、以及〈吳沙入墾蛤仔難路線之研究〉等論文數十篇。現乃臺灣瀛社詩學會顧問。

觀選戰有感

宣和遺事使人愁，政客呼風出蜃樓。
試玉辨才君須記，新朋舊黨貉同丘。

（第六十三期，二〇一二秋）

和哲雄詞兄忝膺瀛社社長韻

天教大任士人扶，矯捷才華寧武夫。
叔重通經雖代遠，仲先傳韻豈云無。
西疆自昔藏宛馬，北海何曾見浦珠。
螳臂時來超斧鉞，毋庸謙過傚砭膚。

（第六十三期，二〇一二秋）

歐陽開代

歐陽開代（1935-），臺北市人。臺灣大學外文系畢業。曾任華新麗華股份有限公司執行副總、印尼華力股份有限公司總經理、鷗揚股份有限公司董事長。於詩則隨楊振福習創作與賞析，又隨黃冠人習吟唱。現為「臺灣瀛社詩學會」理事、「天籟吟社」名譽理事長。

懷大母

失恃未彌年，娘家寄養延。嬰孩無助哭，大母似慈憐。療疾東西藥，祈神寺廟煙。朝昏餐細餵，遐邇手扶牽。小學常親送，初中尚共眠。晉高回父側，入晚夢婆邊。休沐探安去，糖漿待我還。幸過棘闈檻，初得舌耕錢。孝姆驚微笑，呈菲勝貴鈿。清芬滋院桂，潔淨雅池蓮。冉冉音容憶，悠悠歲月遷。永歸前甲午，長息遠堂天。反哺心縱沒，含飴機已捐。恩嬷成白骨，悲淚寄黃泉。八里河濱殯，孤孫夢裡圓。一生辛苦盡，來世續良緣。

（第七十四期，二〇一五夏）

林惠民

林惠民（1936-），曾任南瀛、楚風兩詩社總幹事。曾獲玉山文學獎、臺南市文學獎、臺灣新生獎首獎，獎卿詩學獎。曾編《楚風詩社成立社員紀念詩集》、《霧峰進南宮徵聯專輯》、《美國之旅吟草》，亦曾參與中日文化交流遠渡日本韓國三次、東南亞文化交流兩次，皆擔任副總幹事。

畫梅

妙筆橫斜影，描來堊壁懸。
無香蜂可引，有蕊蝶堪憐。
成眷林和靖，尋詩孟浩然。
國花標勁節，觀賞日留連。

（第七十三期，二〇一五春）

山僧

清淨山間闢道場，衲衣長伴又何妨。
老僧持罷楞嚴咒，一榻禪風柏子香。

（第七十五期，二〇一五秋）

李德身

李德身（1937-），江蘇省連雲港市人。北京大學中文系畢業，連雲港師院教授兼詩詞研究所所長。中華詩詞學會會員，江蘇省詩詞協會常務理事，連雲港詩詞協會會長。《花果山詩詞》主編。所作詩詞近千首，結集為《海天吟草》。

南京閱江樓即興

獨立東南第一州，獅山為舜大江流。
翔丹堪駕滕王閣，聳翠欲迷黃鶴樓。
潮湧行商千舸競，雲屯遊客萬車留。
豪雄氣象羞明祖，悔不當初建又收。

泰山玉皇頂極目

天街踏盡時，萬古雄峰出。
碧落走河雲，紫霄懸海日。

（第六十一期，二〇一二春）

松濤足下驚，風劍肩頭疾。
碑碣笑君王，焉堪岱宗匹。

（第七十四期，二〇一五夏）

曾人口

曾人口（1937-），字啓修，嘉義大學文學碩士及傑出校友。高雄市詩人協會第一、二屆理事長，曾業木材商，並為大學兼任講師，現以作詩、書法娛晚年。

平溪與正三連床有序　六首錄三

九月三十日平溪詩會與正三同室連床夜談，終宵睡少詩以記之。

返日揮戈墜緒尋，鏖詩筆陣古殊今。
陰陽應律黃鐘棄，不尚風騷尚鄭音。

其三

衒玉求售我輩躅，少陵敦厚惜青蓮。
詩書小技原餘事，堪笑素狂和旭顛。

其六

日聽褒歌似國風，夜謀七律競才雄。
騷壇擊缽原遊戲，雁渡寒潭跡本空。

註：褒歌，指嶺腳寮聽士女相褒之歌謠。當夜主人以〈詠平溪〉為題，至翌日傍晚散會。

（第六十一期，二〇一二春）

楊永超

楊永超（1941-），廣東汕尾市人。現居美國洛杉磯。係美國洛杉磯中華詩會秘書長及其《叢刊》主編。著有詩詞集《思鄉集》、《天涯曲》及兩人詩詞聯合集五部。

春陰

薄雲釀雨黯春陰，積雪輕寒不可禁。
秉筆緣貪長晝靜，攤書難閉少年心。
商量來日餘歸夢，收拾閑情託苦吟。
莫向江南問花事，亂峰綿亙暮煙沉。

春意

滄海橫流一寸丹，紅霞許我闖吟壇。
草迷汀渚藍橋斷，燕掠花堤碧水寒。

（第七十二期，二〇一四冬）

時賢詩選輯

永超詩選

雨打梅窗撩興郁，風吹柳岸拓情寬。
園花未管春來去，妙遣清芬潛筆端。

（第七十八期，二〇一六夏）

林政輝

林政輝（1941-），字星五，生於臺北新莊。現任臺灣瀛社詩學會顧問、中國書法學會顧問、澹廬書會諮詢委員、中國書法藝術基金會董事、餘三書會指導老師。曾任中國書法學會秘書長、常務理事，澹廬書會理事長，帝寶美展、雞籠美展、全球中華藝術薪傳獎、國軍文藝金像獎等評審。

正三瀛社理事長榮退

瀛臺多俊秀，白髮一書生。
志效三餘客，胸屯十萬兵。
寒林紛漠漠，流水自盈盈。
七步濆漩出，時聞擲地聲。

（第六十三期，二〇一二秋）

謁靈泉禪寺

開山百十載，慈竹蔭炎天。
教化興釁序，清修近野泉。

時賢詩選輯

星五詩選

佛心江海闊，宗法宇寰傳。
四處清涼地，猗猗出白蓮。

（第六十四期，二〇一二冬）

許哲雄

許哲雄（1942-），嘉義人，臺灣大學卒業。曾任職瑞三礦業公司副理、臺聯貨櫃公司總經理。業餘耽雅吟詠，偶侍先泰岳淡如公唱酬。民國六十七年春加入瀛社迄今。

九一一事件十周年感言

浩劫沉冤十載經，寇酋誅伏慰英靈。
禍根猶在民心悚，霸道毋悛世局腥。
彼藉干戈銷宿恨，誰恢社稷復餘馨。
欲歸何處尋安枕，莫挾秦弓勝拔釘。

註：西元二〇〇一年九月廿一日，蓋達恐怖組織成員以二架七四七型客機飛撞美國世貿雙塔大廈，造成大廈崩塌，死三千餘人，加深穆斯林教與西方矛盾。

（第七十五期，二〇一五秋）

政壇如戲臺

交歡稱父子，爭位寇讎如。
利使仁心腐，權教義路疏。

時賢詩選輯

哲雄詩選

議壇多齷齪，政客少躊躇。
高士明涇渭，羞同一室居。

（第七十七期，二〇一六春）

古華

古華（1942-），原名羅鴻玉，湖南嘉禾人。童年喪父，曾下放農場勞動十三年。一九六二年發表處女作。迄今已出版小說、散文《芙蓉鎮》、《爬滿青藤的木屋》、《泰山唱月》等一千餘萬字，並被譯成多國文字。一九八八年起定居溫哥華。二〇一五年出版《望秦樓新樂府集》。

白石鎮

白壁威儀踞海濱，冰河遠客落風塵。
誰能與爾誇神聖，地老天荒在一身。

海路

鷗鳥風帆夕照歸，行人岸上浴芳菲。
霞光閃閃連天去，一路金波看落暉。

三文魚產卵

雲行霧走入金秋，每在山溪羨海流。
水澤千鱗忙產卵，子孫輪返大洋游。

（第八十期，二〇一六冬）

林正三

林正三（1943-），字立夫，號惜餘齋主人。原籍新北市。曾任臺灣瀛社詩學會理事長、《乾坤詩刊》古典詩詞主編、民間社團詩文聲韻講師。著有《詩學概要》、《閩南語聲韻學》、《惜餘齋詩選》、《臺灣古典詩學》、《輯釋臺灣漢詩三百首》、《千字文閩南語音讀》、《瀛社社史之整理纂修與研究》、《音韻闡微之校正與閩南語之音讀》等。

陰陽海

素聞涇渭自分流，海判陰陽共此儔。
人品亦知難定一，逃名附熱各優游。

（第六十一期，二〇一二春）

九五峰騁望

九五峰位北市南港區，海拔三七五公尺，乃紀念前國際奧會主席楊森將軍以九五高齡攀登此峰而賦名。山勢頗為拔峻陡峭。登頂則視野遼闊，大臺北地區，乃至綿延起伏之七星山系盡入眼底。

鵑城景麗恣游觀，老骨猶堪上百盤。
樓閣峨峨撐日脚，車輿莽莽驟江干。

惜餘齋詩選

大屯山屹雲初霽，甘荅潮平水未寒。
放眼層霄三萬里，舒心嘗欲效扶搏。

（第六十九期，二〇一四春）

笠雲居詩選

劉清河

劉清河（1944-），號笠雲生。出生於臺中市。少好詩詞，受業於黃聯章、郭茂松。平時寄情於詩禪之中，主張以天地為心，以自然為法，以古人為師。十餘年來受聘為「鄭順娘文教公益基金會」漢詩講席。著有《笠雲生詩選集》、《笠雲居閑吟集》、《綠川漢詩創作集》等。

健康

老病方知惜此身，健康第一固元神。
穿衣吃飯尋常事，到這年頭始認真。

（第六十三期，二〇一二秋）

許願

許願皆如願，本從空性趨。
無心求自得，所得本來無。

（第六十九期，二〇一四春）

探梅

冒冷袪寒藉舊醅，潔身自愛嶺頭梅。
人生道上春無數，我卻霜前扶夢來。

（第七十四期，二〇一五夏）

陳麗卿

陳麗卿（1945-），字詠藻，一字蘊璠，民國五十八年自臺灣師大國文系畢業，隨即任臺北市立國中、高中教師。退休後拜莊世光、林正三、張國裕諸位大師門下習詩、作詩，復參加瀛社詩學會、天籟吟社、基隆詩學會等，深期日益精進，學有所成。

有感

底事毒牛門禁開，騰飛物價逐油來。
黔黎生計如何是，日暮途窮劇可哀。

（第六十三期，二〇一二秋）

觀畫有感

花紅三兩樹，柳綠萬千株。對此心融會，品評唾成珠。颯沓臥遠峰，風竹響琤琮。滄浪深且闊，流雲濕杉松。鼓岸孤舟漾，野亭翁歌唱。似訴歸去來，嘆彼道淪喪。羨君腕底活，桃源眼裡望。吾何在泥滓，披圖獨惆悵。

（第七十一期，二〇一四秋）

林松喬

林松喬（1945-），字鶴友，號武嶺老人。任教職達卅餘年。退休後，寄情於書詩畫之讚研，未曾間斷，悟得寫詩趣味，沐浴薰陶，受益匪淺。現任基隆市海東書會理事長，臺灣瀛社、基隆市詩學研究會、雙春吟社等會員。曾榮獲登瀛詩獎優選獎和佳作獎、中國書法藝術基金會舉辦當代傳統詩暨書法風華大展七絕組貳獎、七律組佳作。

寒冬送暖

霜風刺骨歲將闌，解橐傾囊德澤寬。
送暖殷勤施困苦，濟貧慷慨救饑寒。
捉襟見肘思曾子，破甑生塵憶范丹。
落魄世間堪不捨，願教行善賑艱難。

（第六十二期，二〇一二夏）

窗外

熙熙攘攘迓新年，菜販呼吆斷復連。
恰似山歌饒雅趣，娛心悅耳倚窗前。

（第六十二期，二〇一二夏）

丁山

丁山（1945-），浙江平陽人，詩主妙悟，忠誠繼承漢唐美學傳統。鄙視沒有意象、意境的「格律溜」與所謂的「新古詩」等粗俗文化。

戲代劉鄉長醉題酒家壁

今日乃公新上任，呼朋引類醉通宵。
店家認準竹皮帽，他日長安來報銷。

（第六十五期，二〇一三春）

題〈高祖本紀〉

打下江山歸己有，分田分地騙黃口。
太公酒氣直沖天，怒指阿三操乃母。

（第六十六期，二〇一三冬）

丁山詩選

聞動物園出售鹿肉

樊籠之內寂無聲，雖有珍禽不敢鳴。
馴鹿哀音猶在耳，屠刀明日向誰橫？

（第七十期，二〇一四夏）

孤老歎

白髮蒼蒼九十五，兒孫不肖晚來孤。
大兒受賄獄中斃，小子賣官刀下殂。
攜款長孫亡紐約，經商孫女嫁英都。
坐看田產跨山谷，夜夜風聲譏老夫。

（第七十一期，二〇一四秋）

讀〈砲打司令部〉大字報

既得江山又造反，楚王毋乃太荒唐。
俺愁附郭三分地，瓜蔓纔張作戰場。

（第七十四期，二〇一五夏）

丁山詩選

題家山土地廟

身自土中來，偏稱天上材。
塗紅更抹彩，裝聖又姦回。
坐視田徵盡，不容民訴哀。
明朝洪水發，誰願護泥胎？

（第七十七期，二〇一六春）

陳文華

陳文華（1946-），男，國立臺灣師範大學文學博士。曾任臺灣師範大學國文學系教授、淡江大學中文系教授，現為淡江大學中文系榮譽教授。歷年教授詩選及習作、詞選及習作、杜甫詩、夢窗詞等課程。有古典詩創作集《珍帚集》行世，並獲頒文建會第二十一屆國家文藝獎詩歌類最優獎。

哭　伯元夫子

四十餘年憶侍從，酒尊詩卷忝陪同。
持經更究脣喉趣，問字徒慚灌溉功。
凶耗驚傳大洋外，深悲痛澈寸心中。
靈前泣奠魂來饗，儻許重溫馬帳風。

（第六十四期，二〇一二冬）

淡江雅集

壬辰夏夜，與諸生聚飲淡水。酒酣，余以奚囊舊貯零句「風拭葉爭黄」囑對，並謀完篇。成者若干人，英年雋才，俱屬佳製。雖於當日時序或有不合，不害其為美譚也。因賦。

文華詩選

酒酣吟興長，江月正微茫。
撏撦畸零句，磨礱琬琰章。
霜凋峰奪綠，風拭葉爭黃。
青眼望諸子，何妨鬢已霜。

（第六十五期，二〇一三春）

姚啟甲

姚啓甲（1946-），臺北市人，現任三千貿易股份有限公司總裁、國際扶輪3490地區2008-09年度總監。於詩則師承楊振福、陳榮亙、張國裕、黃冠人、陳文華、顏崑陽諸先生。現任「臺北市天籟吟社」理事長、「臺灣瀛社詩學會」副理事長。

遊輪上與內子共賞月圓

金鏡踏波桅上來，嫦娥似欲下凡陪。
與君共賞嬋娟灩，願乞清光雙照杯。

（第六十五期，二〇一三春）

夢張國裕老師

猶見張公在講堂，音容似昔態微茫。
疑憐鈍筆艱詩思，欲授瑋辭舒學荒。
再囑為文心至正，雖評亂世句宜祥。
夢醒今夜魂交後，重沐春風師道揚。

（第六十六期，二〇一三夏）

鬷邁廬詩選

畢日陸

畢日陸（1948-），筆名鬷邁廬主，祖籍廣東花縣。臺灣成功大學電機工程學士。一九七二年負笈美國，加州大學科學碩士，在美工作三十餘年後退休。美國電機及電子工程學會會員。自修國學，為洛杉磯《梅花詩社》主編，中華詩會《叢刊》副主編。

貓趣

銜蟬古意呼，亦作小於菟。
臥墊氍毹暖，飧魚軀體腴。
攢眉迷眼注，伏鼠健牙刳。
文士好耽畫，新添撲蝶圖。

有觸

世道慨多怨，雲煙過眼繁。
風霜猿鶴老，歲月駃騠奔。

（第七十九期，二〇一六秋）

頤養潛龍伏，安居隱豹蹲。
人間看冷暖，詩酒悟寒溫。

（第七十九期，二〇一六秋）

時賢詩選輯

崑陽詩選

顏崑陽

顏崑陽（1948-），嘉義縣東石鄉人，臺灣師範大學國文研究所博士。曾任中央大學中文系教授、東華大學中文系教授兼人文社會學院院長，現任淡江大學中文系教授。兼擅學術研究與古典詩、現代散文、小說創作。曾獲聯合報小說獎、中國時報散文獎、中興文藝獎章古典詩獎。著有《顏崑陽古典詩集》，短篇小說集《龍欣之死》，現代散文集《傳燈者》、《窺夢人》等，學術專書《詮釋的多向視域》等共廿餘種。

天籟吟社，位在都城霓燈間，弦歌不絕於塵世。予登席講學，與諸子遊，怡然如在武陵焉。為賦一律

詩亡誰更作春秋，共繼斯文結社遊。
天籟清吟迴晚市，霓燈寐色隔幽樓。
雲山只許風人約，珠寶不隨塵世求。
我輩何須武陵去，桃津已在寸心頭。

（第七十九期，二〇一六秋）

陳冠甫

陳慶煌（1949-），筆名陳冠甫。臺灣省宜蘭縣人。政治大學中國文學研究所畢業，國家文學博士。淡江大學榮譽教授、臺北大學兼任教授、臺灣楹聯學會會長。有《詩論先秦法家十子思想》、《劉申叔先生之經學》、《西廂記的戲曲藝術》、《蒹葭樓詩論》、《古典文學縱橫論》、《新嘗試集》、《斐聲集》、《心月樓詩文集》等論著數百萬言。其詩文詞曲受成惕軒、盧元駿、熊公哲諸名師之教，又加邃學，天資英發，風神透逸，具有靈氣，能承楚望一脈之延續而昌大之。

卜算子 夜讀《劍南集》擷放翁詩材成長短句漫題卷後

不作拜車塵，有句狂猶在。躍馬霜青劍佩寒，天逼星辰大。　造物與身閒，垂老吟詩愛。歸入三山萬疊雲，蓑笠斜陽外。

（第六十二期，二〇一二夏）

竹筍涼拌

新挖春筍大如拳，腰彎臀美肉細白。籜嫩苞香尖葉黃，貴過韓梨價逾百。洗淨若加豬小排，連殼蒸熟味入骨。待涼冷藏冰箱中，剝切沾醬菜不缺。久食利尿能化痰，益氣清熱身心活。身心活……

（第七十五期，二〇一五秋）

胡爾泰

胡爾泰（1951-），本名胡其德，臺南市人。臺灣師大文學博士，法國高等研究院、波昂大學、萊頓大學研究。任教台灣師大與輔大，出版詩集《翡冷翠的秋晨》、《香格里拉》、《白日集》、《白色的回憶》、《聖摩爾的黃昏》、《好花祇向美人開》。

春登赤崁樓

氣清天朗獨登臺，春色盈園府第開。
新雨已隨雲遠去，舊巢猶待燕歸來。
文昌閣內魁星筆，赤崁樓前贔屭苔。
滄海桑田都一瞬，劫灰點點不須哀。

雨夜聞箏

天外響清音，泠泠似古琴。
不眠春雨夜，遙寄故園心。

（第七十七期，二〇一六春）

流水乘波遠，高山入碧深。
佳人如有怨，素手自沈吟。

（第七十九期，二〇一六秋）

吳榮富

吳榮富（1951-），字文修，臺南市人，成大文學博士。成大中文系退休。曾榮獲臺灣教育部古典詩獎、中國首屆聶紺弩詩詞獎。評審過臺北文學獎、臺中市文學獎、玉山文學獎、南瀛文學獎、中國第二屆聶紺弩詩詞獎終審評委。

下龍吟 越南下龍灣

白滕江外黃海邊，群龍薈聚陣連天。觭角森森列劍戟，日月靉靆沉雲煙。橫舟深訪尤驚絕，星棋羅佈密於鱗。或大或小母攜子，或奇或怪特亂神。潛龍不動幾千載，藏形韜晦意不怠。阿蒙此日非吳下，懸知交址有真宰。窟中驪珠應無數，遊鯤巨鯊不敢顧。誰能馴鱗拾龍珠，琳瑯鋪成奇文字。我意乘龍非屠龍，騰雲直起衝天幕。

（第六十六期，二〇一三夏）

受邀舊金山華文教學研討會演講

我是過洋飄鴻客，天經地緯為阡陌。三藩應邀傳華音，力呼以仁為主藥。院名孔子不尊孔，中心無主終跛腳。華文教材固無窮，鸚鵡能語難執中。貫通文化連樽俎，始知微言與道通。科技爭鋒世正狂，恩仇一快幾陣亡？人文無價似徒然，只今創意能賣錢。誰疑酸腐變黃金，孔孟原來是活泉。

（第六十七期，二〇一三秋）

安平港瀏覽德陽艦

曾經威赫大西洋，臨老他鄉作故鄉。
古港停來龍氣斂，新機難復豹韜張。
側聞老將猶能飯，未覺青釭是廢鋼。
日月清閒遊客少，風彈長鋏有文章。

（第七十八期，二〇一六夏）

重登玉山前峰

玉山久違春風面，病後重到前峰前。鳥道峻極曾險歷，餘悸深壑生雲煙。起伏雖苦欣日麗，蟻步猶躓堪自憐。巨石如瀑二千尺，此行不期復登巔。森氏杜鵑花勝雪，連幛成屏如畫箋。莫笑臨老被花誘，留連坐詠不再前。實知峰頂零視野，綿蠻知止聊自賢。

（第七十九期，二〇一六秋）

林文龍

林文龍（1952-），南投竹山人，現寓彰化和美。臺灣文獻館研究員，喜吟詠，嗜藏書，旁及文房雅玩，著《掃籜山房詩集》、《陶村夢憶雜詠》等集。別有書話《書卷清談集古歡》，含有〈陶村說書〉、〈披卷餘事〉二編。

釣土蟲

棕絲拔取聚兒童，門口埕寬學釣翁。
我似天公頻視汝，人間真有黑頭蟲。

註：舊時臺人禱祝於神輒自稱弟子，惟祀天公則曰「黑頭蟲」，蓋自天俯視群黎，不啻黑頭之蟲耳。幼時土埕未鋪水泥，埕中硬土，有小洞，拔取簑衣棕絲，折而釣之，絲尾微振，急抽釣絲，黑頭蟲出焉。

（第六十二期，二〇一二夏）

搖金龜

蟲號金龜事亦奇，相思樹上最相思。
得來不作封侯想，繫足權充風扇吹。

註：相思樹花時，金龜子纍纍，力搖枝幹，多掉落樹下者，兒童捉之，則以繩繫足使飛，儼然一小電風扇也。亦有折足插於小鐵絲車，展翅足以趨之而行，亦鄉間常見之兒童玩物。

（第六十二期，二〇一二夏）

重尋金門后扁廢壘回首前塵忽忽三十八年矣

寒煙亂石陣雲秋，遠戍浯江此滯留。
堡壘森嚴環寨尾，波瀾壯闊接圍頭。
軌材三匝艨艟阻，坑隧九迴糧秣周。
刁斗無聲宵氣肅，枕戈日日礪同讎。

註：「寨尾」：舊稱寨仔尾，蓋位於古田浦寨之後也。「波瀾」句：右前方為金井、圍頭。「軌材」句：左為湖山灣右為許白灣，並有鐵軌材三層。「枕戈」：照壁有枕戈待旦四字。

（第六十四期，二〇一二冬）

寒流積雪感事

氣嚴共擬楚重瞳，六出花飛凍海東。
北望諸山頭盡白，威加已陋大王風。

（第七十八期，二〇一六夏）

孔捷生

孔捷生（1952-），原中國大陸作家，一九八九年六四後流亡美國至今。

抗戰勝利七十週年　八首錄二

其一

侵雲獵角逼長城，邊警頻令檄羽輕。
焉有輟耕還賣犢，已無可忍始言兵。
深壕夜火傳諸姓，細柳秋笳肅五營。
霜匣驚鯢堪斷玉，幾州龍血此中傾。

其六

二陵烽燹及緗緗，徙鼎驚川一葦航。
祠廟井垣多塹壘，琨瑤箭竹此黌堂。

（第七十六期，二〇一五冬）

永嘉不渡陳寅恪，犀燭誰傳殷海光。
國士從來徽世祚，西南豈是舊蕭梁。

（第七十六期，二〇一五冬）

古寧頭

折戟金門白浪橫，天兵至此偃旆旌。
堤楊堪繫尋墳馬，舟子猶矜背水營。
越甲吞吳成故事，秦王鞭石亦虛聲。
北人今日能飛渡，掠得高粱滿酒埕。

（第七十七期，二〇一六春）

殷海光故居

逐客重來弔俠儒，澄居近傍紫藤廬。
感公橫筆嚴霜白，愧我浮槎弱水朱。
不默生終淪錮黨，寧鳴死遂殉焚書。
子衿漸潤蹊桃李，孤鳳宛然棲碧梧。

（第七十九期，二〇一六秋）

吳雁門

吳雁門（1954-），網名梅齋。彰化師大輔研所畢業，雲林縣口湖國中校長退休。曾獲教育部文藝創作獎、南瀛文學獎。有詩集《瀛海集》。

東瀛歸，大春催詩愧而答之　二首

雲間有客笑相呼，老懶無詩腐且迂。
乘興溪山還獨往，抄經石室試雙趺。
新禾知繫田家望，野蔓看攀峽壁枯。
喜遂西窗籬菊約，炎方聊此作書奴。

其二

村居長歲欲何為，勸稼談玄悉所宜。
滿眼青禾連海甸，半陂野水抱東籬。
賦閑聊解無枝意，老懶猶爭一字奇。
遠嶺煙霞同作態，邀君坐對正彌彌。

（第七十二期，二〇一四冬）

陳麗華

陳麗華（1954-），筆名蘆馨，高商畢業。偶在社區大學跟隨楊振福老師學習唐詩及創作。加入天籟吟社、春人詩社、古典詩刊、中華詩詞研究會等詩社。曾得臺北文學獎，乾坤詩獎等。

傷世

天下紛紜久亂心，風波世態感浮沉。
爭名多是忙生死，貽害焉能辨淺深。
賢者辭官傷白璧，讒人敗德為黃金。
對此愁予一何適，看雲悵望自長吟。

暮情

暮年惆悵二毛新，眼暗形枯苦費神。
縱使高懷探物理，終難禿筆貴吾身。

（第六十九期，二〇一四春）

時賢詩選輯

蘆馨詩選

攤書長覺詩情勃，覓句都緣秋興頻。
風月相知應不棄，明朝雲外步光塵。

（第六十九期，二〇一四春）

洪淑珍

洪淑珍（1954-），字璧如。臺灣人。喜愛古典詩詞創作和吟唱，探討閩南語聲韻，並擔任詩社、社教單位講師以推廣。曾任臺灣瀛社詩學會秘書長、副理事長，天籟、灘音吟社理事。主編臺灣瀛社詩學會《十年題襟集》、蔣國樑《夜風樓吟草》、劉文蔚《詩學含英修訂版》，並任乾坤詩刊古典詩助理編輯。

春之約

山櫻報到豔斑斕，偏值寒流滯九寰。
珍重年年文酒會，待披煙雨上屯山。

（第八十期，二〇一六冬）

大尖山訪春

雨霽汐峰含笑，風絲依舊微寒。
喜聞野鳥調舌，深淺櫻花漫看。

（第八十期，二〇一六冬）

曉雨

無端鋒面冷揮鞭，歲序已過花雨天。
天外轟雷驚曉夢，臥聽淅瀝似流泉。

（第八十期，二〇一六冬）

陳文銓

陳文銓（1954-），澎湖望安人，高中教師。少喜詞章，長學吟詠。於唐人，獨好杜工部、李義山、王右丞；於近人，尤喜蘇曼殊、曾克耑、王調甫；晚讀李漁叔、羅戎庵、周棄子、張夢機詩集，亦無不傾醉。

夜來香

小齋方丈散清芳，誰種窗前一夜香。
詩卷維摩今已老，好花著雨室生涼。

（第七十四期，二〇一五夏）

野薑花

何處天涯是汝家，移來小院植陂斜。
半墻粉蝶紛飛舞，知是新開雪白花。

（第七十四期，二〇一五夏）

望安詩選

看花

小寒微雨冷如詩，一樹紛紅欲放時。
兀坐隔窗看不足，徐行緩步作花痴。

（第七十六期，二〇一五冬）

王偉勇

王偉勇（1954-），臺灣花蓮人。東吳大學中國文學博士。曾任教於東吳大學，現任成功大學中國文學系教授兼文學院院長。其學術主要著重於宋詞與唐詩的對應研究，以及詞學批評文獻之蒐集，同時關注通識教育、應用文寫作及詩詞吟唱之傳播。

謁屈子祠

靈均莫恨無知己，蘇世獨醒品自高。
君看冤沉千載後，楚騷依舊領風騷。

（第七十七期，二〇一六春）

殷鑑　四首錄二

其二

義理詞章兼考據，多師轉益教菁莪。
從來雅量容丘壑，蠟屐收藏能幾何。

（第七十九期，二〇一六秋）

直齋詩選

其三

近親繁殖冰難語，眼界新開出井蛙。
枳橘清香能鑒識，端緣行旅過江淮。

（第七十九期，二〇一六秋）

張長臺

張長臺（1965-），網名二難。東吳大學中文系博士，海洋大學退休教師。學術專長為古典詩學、禮學、海洋文學。

即感

暮雨臨窗夜氣迎，默然端坐想平生。
荷池風葉因花翠，永巷無人燈亦明。

（第七十九期，二〇一六秋）

三訪法然院

清晨法然院，木屐響清風。
苔蝕山門綠，思存庭樹紅。
石泉傳唄唱，煙雨滌窮通。
經歲三登訪，撫碑參寂空。

（第七十九期，二〇一六秋）

李伯雲

李伯雲（1955-），男，安徽省蕭縣人。現執教於鄭腰庄中學。係中華詩詞學會會員、省太白樓詩詞學會理事、《安徽青年報》特約通訊員、宿州市詩詞學會理事、蕭縣詩詞楹聯學會副會長兼《蕭國詩詞》副主編。曾在《對聯》、《東坡赤壁詩詞》、《文化月刊．詩詞版》、《長白山詩詞》、《江南詩詞》、《重慶藝苑》、《詩詞月刊》、《陝西詩詞》等全國數十家報刊發表詩詞聯、散文小說等。有作品先後入選《中華詩詞傳世選集》等二十餘部大型書卷。

鄉村即景

一幅鄉村山水畫，紅樓綠樹鎖煙霞。
梁間對燕欣欣語：今勝舊時王謝家。

（第七十期，二〇一四夏）

自題清風齋

窗外桃紅染滿枝，案頭一冊著新詞。
清風入室偷翻卷，細雨敲門拜我師。

（第七十六期，二〇一五冬）

村前即景

日映桃花花染霞，村前翠柳柳絲斜。
推窗放眼青山外，畫裡紅樓即我家。

（第七十八期，二〇一六夏）

張大春

張大春（1957-），知名小說家，輔仁大學中國文學碩士。現為電臺主持人。著作有《城邦暴力團》、《聆聽父親》、《認得幾個字》、《送給孩子的字》、《大唐李白》、《文章自在》等多種。

讀于右老詩有感口占

三原正韻是唐音，鼎革當時湯武心。
不料詩書稱首席，已收江海入胸襟。
明堂事業有時盡，野戰龍蛇何處尋？
九死之情天地老，為公一賦白頭吟。

（第六十一期，二〇一一春）

園中見蛇得筆法

籬邊來蛇長五尺，迤邐晨光上黑脊。游昂銳首迴南風，殷殷盤紋印青石。蛇來顧我以草書，風迴石印天然跡。瘦甲忽折一行斜，逆勢瞋瞠宅山客。偶經蕪園不欲留，掉尾停眸向青邱。曲示伏形真筆法，緩策輕努掠中勾。將提狼毫捉神氣，初霧瀟瀟神氣收。亦有偏鋒剥碑鮮，磔盡竹青聲休休。聲休休，行忽忽。半篇苦筍最倉猝。瞻之弗及松墨濡，幾字淋漓出龍骨。

（第六十四期，二〇一二冬）

懷吳雁門

三讀《出塞集》（作者吳雁門），愛賞不能釋，知少作之清堅純質，天生格調，不能望。

雁門人列依山飛，雁門之詩能忘機。秋來塞下何所有，一束清詞結征衣。掩卷潮來少兒事，漫腔豪興幾褒揮。愁聽雄議學按劍，醉推松櫪須十圍。丈夫奇節付家國，家國從來夢迷離。夢迷雲壘唯索然，狂客心情遷客年。我今扶韻勉吟誦，隱括識得故山川。篇中果爾自疆界，風懷沙字開雲天。寧知出塞別有詮，長辭臺符休見官。會心人在江村裡，兩句商量三五箋。展君作，應汗顏；老熟如我難追攀。發新釀，為君唱。出邊塞，不當歸。李耳已趁青牛遠，逐波太白心稀微。

（第六十四期，二〇一二冬）

三三〇此日

不亂衷懷漸死心，錦灰堆裡白頭吟。
聊翻故紙成荒飽，肯寄偏才證古今。
聞道求仁寧易暴，多君唾面且沾襟。
街風苦冷龍戰乍，拒馬迎花一氣森。

（第七十期，二〇一四夏）

施得勝

施得勝（1961-），生於臺北，長於永和。曾任職工研院，創大方廣資訊，為漢書文書處理系統發明人。高中即接觸佛法至今。現任臺灣瀛社詩學會監事、網站管理人，筆名梅僧。興趣有騎車、詩學、攝影、二胡、面相、電影。

流水

一向說無常，滔滔出廣長。
浮雲東逝水，何處不清涼？

（第七十三期，二〇一五春）

山雨

岩腰雲短披，淅瀝雨迷離。
待薄心頭熱，抱薪更問誰？

（第七十三期，二〇一五春）

時賢詩選輯

梅僧詩選

毛毛蟲

今生鄙陋愧形微，蹴踏無端憐者稀。
奮足千般猶寸許，何年化蝶向空飛？

（第七十三期，二〇一五春）

黃鶴仁

黃鶴仁（1961-），字壽峰，號南山子。彰化人，彰工畢業，北上服公職，從基津周植夫學詩，後入東吳中文系。

不可說示湘君

甚深微妙法，從來離言說。豈惟遠四句，更教心行滅。此間若能為君語，不遣宗匠尋思去。若知祖師西來意，其中真箇無一字。定要勘破者道理，請君一口吸盡西江水。

（第七十三期，二〇一五春）

讀吾詩者是何人

三千世界等微塵，五蘊由來一幻身。
參得真如無實性，讀吾詩者是何人。

（第七十三期，二〇一五春）

時賢詩選輯

微雪齋詩選

李佩玲

李佩玲（1962-），網名卞思。中山大學中文系畢業。現任書法研習社指導老師。曾獲教育部文藝創作獎古典詩優選、佳作；乾坤詩獎古典詩組第一名；蘭陽文學獎古典詩組佳作。著作《網川漱玉》（合集）由萬卷樓出版。

詩友招聚有感

感此人身旦夕過，佛前趺坐且吟哦，
千江水印清涼月，三世情宜好了歌，
休問僧卿雙得否，可能才具不偏麼？
塵心猶未洗將去，更與詩心做奈何！

註：僧卿雙得，語出六世達賴喇嘛倉央嘉措詩：「曾慮多情損梵行，入山又恐別傾城，世間安得雙全法，不負如來不負卿。」

（第八十期，二〇一六冬）

和大春兄畫花詩

是誰妙筆寫天真？沒骨妝成出洛神。
傍水一揮痕欲淡，臨風百折墨猶新。

憐將香散逐塵跡，拚不心灰補畫春。
夢裡丹青夢外我，可能輾轉作前身？

註：吾實不擅丹青，故託於夢中也。

（第八十期，二〇一六冬）

江　晟

江晟（1962-），安徽省望江縣人，研究生學歷，中學高級教師，市級學科帶頭人。現任縣教研室中學語文教研員。中華詩詞學會會員，縣詩詞學會副秘書長，《雷池吟》副主編。已在全國報刊發表教學論文、詩詞作品二百餘篇（首）。

霧霾

玉宇瓊樓失霧霾，昏天暗地撥難開。
有緣咫尺不知面，無奈千窗俱染埃。
振臂高呼陰翳去，降魔奮起碧霄來。
莫愁煙瘴總彌日，萬里澄清歌滿懷。

（第七十五期，二〇一五秋）

學插秧

綰袖披蓑學插田，斜風細雨背朝天。
分秧兩手多忙亂，抬望周遭我最前。

（第七十九期，二〇一六秋）

鄭世欽

鄭世欽（1964-），高雄鳳山人。國立臺灣師大國文系學士、國立高雄師大書法教學碩士。高雄市前鎮高中退休教師，今從事農耕。大學時開始學習古典詩，畢業後二十餘年未寫詩，民國一百年重拾詩筆，以古典詩書寫生活，自得其樂。

關子嶺水火同源

相剋相生竟不休，坎離同窟幾經秋。
銜珠麟首徐噴燄，御火神龕空沸漚。
嶺樹陰籠青獨照，雲根寒壓暖猶留。
禪燈水月僧行處，曾領曹溪一滴不？

（第七十八期，二〇一六夏）

楊維仁

楊維仁（1966-），生於宜蘭，參與天籟吟社與網路古典詩詞雅集。著有詩集《抱樸樓吟草》，主編《大雅天籟》、《網雅吟選》、《天籟元音》、《天籟吟風》、《天籟吟社九十週年紀念集》、《捲籟軒黃笑園詩集》等。

戎庵先生名片歌

簡樸無華一名刺，片紙寥寥僅七字。上署職銜中署名，餘事闕如未揭示。昔年秉筆在鑾坡，立身敬謹無偏阿。但憑公務答酬對，名片所載何須多？總統府參議羅尚，七字錚錚極快暢。大夫自古無私交，聯絡通訊乃棄忘。健筆凌雲一代宗，開張天骨猶人龍。氣格文采兩豪壯，別有名片存高風。

註：羅尚先生，字戎庵，昔年曾見示一名片，只署「總統府參議羅尚」七字，略無住址與電話，其兀傲不群若此！

（第六十一期，二〇一一春）

答心玥女弟教師節摺紙為星見贈

遙懸銀漢幾多星，素手摘來儲玉瓶。
熠熠清輝盈座右，涼秋為送小溫馨。

（第六十八期，二〇一三冬）

曾家麒

曾家麒（1974-），國立臺灣師範大學國文教學碩士。現任中壢高商國文教師、網路古典詩詞雅集版主，著有《悅讀幽夢影十分鐘》、《閱讀經典中的孔子》等書。

因史忠烈事詠梅

明袍埋野嶺，疏影寫荒遐。
十日兵猶血，一城人化沙。
雪欺知勁節，風疾吐新芽。
執著誰如爾，天寒始發花。

都市更新

廣廈雖千萬，空教寒士嗟。
魯王真有力，孔壁總無遮。

（第六十二期，二〇一二夏）

樂齋詩選

一變商君法，三遷孟母家。
齊宣終不悟，苑囿益豪奢。

（第六十八期，二〇一三冬）

普義南

普義南（1976-），臺灣臺南出生。族屬雲南紅彝。現為淡江大學中文系助理教授暨驚聲古典詩社指導老師。

壬辰清明至大度山花園公墓祭先父

骨已成灰淚未乾，紙題名字燄中看。
離枝但覺憑風冷，育子始知為父難。
白塔春迴山寂寞，青爐香續影闌干。
靈前欲稟今年事，歡事說來心更酸。

尿布

人間何物可吹噓，滄海桑田直驗諸。
一覺天明幫寶適，雙堤沙涸妙兒舒。

（第六十三期，二〇一二秋）

時賢詩選輯

達觀詩選

亂山崩處應無漏，細雨來時莫有餘。
朝暮不愁顏色改，數回春捲自乘除。

（第六十六期，二〇一三夏）

許朝發

許朝發（1976-），成大中文系畢業，臺南人，任職於臺灣鐵路管理局，喜歡讀詩與寫詩，曾獲臺北文學獎、玉山文學獎、基隆海洋文學獎、粵港澳臺大學生詩詞大賽、南港區「2010秋詩篇篇」桂花詩詞徵文、山海新象——臺南勝景古典詩徵詩、天籟吟社九十五週年徵詩比賽等，期待以後能夠繼續得獎。

四草綠色隧道

未妨彈瑟覓湘娥，劍葉浮根取次過。
照眼螢華懸黛樹，蔽天翠蓋覆蒼波。
對槎逢我還相笑，幽鷺窺魚詎肯歌。
歸後獨吟人不寐，空教韶景役詩魔。

（第八十期，二〇一六冬）

七股鹽山

陽火煮天池，掌中冰玉姿。
堆成一陵雪，贈與謝胡兒。

（第八十期，二〇一六冬）

李啟嘉

李啓嘉（1977-），臺南學甲人，客居基隆，為中學國文教師。大學入南廬吟社學詩，後入興觀網路詩會、網路古典詩詞雅集與詩友酬唱。

憶乙丑春日

巵酒常辭作笑顰，浮華景物競翻新。
銜花燕去孤飛雨，臨檻人來自惜春。
看盡紅煙十餘里，疑為粉蝶一前身。
無稽本事癡情甚，殘句猶憐意不馴。

附記：近日淡江中文系以「銜花燕去孤飛雨」徵對，領聯襲用其句。

（第七十七期，二〇一六春）

登金瓜石勸濟堂左近眺陰陽海

久違村曖曖，極目近天涯。
海日生殘月，山雲抱遠懷。

秋風猶未已，車轍更相乖。
曲折疑來路，斜芒掩石階。

附記：偶見淡江大學以「海日生殘月」徵對，愛其句，因借以記昔日遊歷。

（第七十七期，二〇一六春）

吳東晟

吳東晟（1977-），臺中霧峰人。成大中文所博士。現任教彰化師大國文系。《乾坤詩刊》古典詩主編、《全臺詩》編校委員。瀛社、彰化縣詩學研究協會社員。曾獲教育部文藝創作獎、臺北文學獎等。有古典詩集《愛悔集》。

悼天賜詞丈

噩耗忽傳破寂空，長安一夕起秋風。瀛社晤言成昨日，此後夢裡聲猶洪。豈因天意妒老健，不忍長年困詩雄。榻前身影尚微笑，讀公遺篇如見公。平樂賦詩才英發，每以酡顏忘白髮。春秋禊事相見歡，更無餘席邀明月。竟陵擊缽惟捷才，公之樂府境界開。惜無春風為點將，指揮三軍天馬來。最憶高興吟懷壯，筵間笑談何飛暢。詩繼漢武思佳人，座邀青蓮開新釀。秀語妙言陳肴盤，每每取食更加餐。忘憂樂食不覺老，鷗鷺追隨海天寬。吁嗟乎，今公憑風泠泠不得見，椒酒三杯為公奠。會有唐宋名賢開盛筵，為公虛位迎新仙。

（第七十三期，二〇一五春）

哭蔭老

紅梅原耐冷，白首不知寒。
鶴去空千載，愁來感百端。

贅吟聲已斷，詩話淚猶酸。
細向遺篇讀，橫磨劍氣蟠。

（第七十七期，二〇一六春）

吳俊男

吳俊男（1977-），字子彥，筆名風雲，別號白雲齋主。高雄人。現居彰化溪州。古典詩詞曾獲教育部文藝創作獎教師組首獎、玉山文學獎首獎、南港桂花詩詞首獎等獎項，與詩友合著有《網川漱玉》與《網雅吟懷》兩本古典詩集，任教於雲林縣西螺鎮文昌國小，並任「網路古典詩詞雅集」版主。

人日會國中同窗步杜甫人日韻兼和普兄詩作

年少情懷驚已老，兒時往事夢中看。
青春一去誰能挽，白雪獨歌心未寒。
自買清梅邀客賞，深嗟古調乏人彈。
剪金習俗知趨薄，聚首長談料亦難。

（第六十二期，二〇一二夏）

題義才兄黃山圖冊二十四開　錄一

天海一景

山巖疑吐納，雲氣忽縈洄。
愛看崖間樹，孤高不可摧。

（第六十六期，二〇一三夏）

李知灝

李知灝（1978-），曾任國立中正大學臺文所專案助理教授，現任國立虎尾科技大學通識教育中心助理教授。著有《戰後臺灣古典詩書寫場域之變遷及其創作研究》、《從蠻陌到現代：清領時期文學作品中的地景書寫》等作。

食不安

食不安，徒有金饌堆重巒。商鞅難再商人慢，鬼蜮技倆豈容刊。齒不彈，酌用順丁烯二酸。炮製均勻和粉麵，復成晶瑩珍珠丸。油不萃，銅葉綠素等仙丹。誑言南歐初榨至，實非橄欖豈相干。牛不美，歐多福斯添芻欄。蹄不飛揚體不動，沙朗菲力盛滿盤。湯不郁，麩胺酸鈉迷舌官。分製肉粉海鮮塊，清泉轉瞬味千般。芽不白，亞硫酸鈉使可觀。透亮宛若天上物，鴆毒無形沁肺肝。鍋不豔，蘇丹紅麗勝綺紈。麻婆亦羞失顏色，誇言天然等欺謾。食不安，戲言何妨茹素餐。葷非葷兮素非素，失算葷素混成團。君不見假作真時真亦假，詭計幾同曹阿瞞。食有假兮毀四端，猶聞朱門兮笑彈冠。

（第七十五期，二〇一五秋）

胡詩專

胡詩專（1979-），雅好古典，亦不排除現代；蓋古典者乃昔之現代，現代者猶將來之古典也。興來常以詩紀錄生活所感，始信詩者乃言其志、抒其情也。

小金英

紅牆綠瓦幾人家，誰種金黃小菊花。
停足回眸看仔細，株株野草是奇葩。

（第七十一期，二〇一四秋）

日日春

獨喜芳名日日春，薄施脂粉素顏人。
紅花白蕊迎風笑，牆尾牆頭最可親。

（第七十一期，二〇一四秋）

埔里圓環

中山路上數圓環，迴繞穿梭叩鳥關。
誰識三千公尺地，由來曲徑是人間。

註：中山路約三千公尺，筆直貫穿埔里鎮中心，有圓環三座，頗為稀有。

（第七十八期，二〇一六夏）

五葉詩選

張韶祁

張韶祁（1980-），網名五葉。苗栗人，現居新店。淡江中文所畢業。出沒於校園、故鄉、臉書、網路古典詩詞雅集等地。

十年

白髮逼人來悄悄，青春逐日去堂堂。
前塵翻似十年夢，往事憑添雙鬢霜。
無語相看應有語，故鄉自認是他鄉。
天風落月歸何處，贏得清懷詩數章。

（第六十二期，二〇一二夏）

田園教學區見山櫻凋零漫吟

東風卻負乍晴春，拂盡山櫻嫋嫋身。
踏碧拾零編入夢，莫教枝下損天真。

（第六十三期，二〇一二秋）

林曉筠

林曉筠（1980-），字詠竹。東吳大學中文系碩士，現就讀國立臺灣師範大學國文系博士班。曾擔任國立中正大學清渠古典詩社創作組組長，並於九十二年度獲得教育部文藝創作獎古典詩詞項佳作。著有碩士論文《王國維詩詞研究》。

芭蕾伶娜

芭蕾伶，芭蕾伶，白衣紗裙仙態娉。一足為軸一足舉，身似陀螺旋不停。趨前借問誰編舞，臺下有人答言語：二十年前名伶娜，當年高藝勝此女。五歲父母送將來，日日忍苦練筋骸。皇家學院習舞技，朝朝暮暮盼登臺。十五十六名初噪，一場舞罷眾稱妙。二十爭得首席位，聚光登下微生傲。曾赴異國演奇姿，屢教觀眾為癡迷。文化機構爭相邀，謝幕赴約無閒時。三十筋骨老，四十容顏衰。容光暗逐掌聲去，漸知體力不如故。舊傷難痊添新傷，黯然退休學編舞。編舞執教度餘年，偶顧真容憶從前。憶從前，生惆悵，如今不復身翩翩。觀舞者，聽我語，君家亦有小兒女。入行便知此行艱，莫令自幼便習舞。

（第七十八期，二〇一六夏）

張富鈞

張富鈞（1981-），花蓮人，淡江大學中國文學系研究所博士，現任網路古典詩詞雅集管理員。編有《網雅吟懷》、《網海拾粹》、《天籟清吟》等書。

人造花

真真假假似非真，枝上開來未染塵。
自是化工憐愛甚，不教憔悴入青春。

（第六十二期，二〇一二夏）

淡江曉煙

勝景重重鎖曉寒，移身游目總艱難。
一刀裁破煙嵐色，如黛觀音正笑看。

（第六十五期，二〇一三春）

瀛苑夜月

瀛苑苔階綠漸勻，逶迤曲徑入深春。
姮娥忒是知情趣，不向花間映儷人。

（第六十五期，二〇一三春）

黃志凱

黃志凱（1983-），喜好運動與閱讀。朋友間多用kai或阿凱來稱呼。現為平面設計師與文字工作者。有事聯繫或交誼可來信kaiandgreen@gmail.com。

自詠

天意磨才故命奇，善文從賈路迷離。
來年若有崢嶸日，謹記詩心不許醫。

（第六十一期，二〇一二春）

雜感

硯田賈業兩蹉跎，而立中宵感慨多。
欲海無邊尋水驛，蹇途盡處羨煙蓑。
才須遺世方為傲，詩至窮人始不磨。
塵事如雲終展轉，一心寧謐渡風波。

（第七十四期，二〇一五夏）

劉冠巖

劉冠巖（1983-），二○○七年畢業於政治大學英文系，雙主修哲學，輔修中文與歷史。二○一六年獲美國加州大學聖塔芭芭拉分校比較文學博士，主修英國文學與中國文學，輔修西洋哲學，並修習法文與德文。現為畢業學校內「跨學科人文中心」博士後研究員，並於比較文學系開設「佛與道：中國古典、現代與域外文學」課程，亦擔任「歐洲文學」課程助教。

魯句踐

匹夫狹道爭棋博，國士高懷不與倫。
一日聞軻刺秦主，方知彼以我非人。

（第六十八期，二○一三冬）

李鴻章　二首

闍塔佛香雲外焄，艨艟乏彈不成軍。
當時物議千夫指，自古誅臣不罪君。

其二

手把吳鉤伐洪捻，萬難莫若署名難。
春帆樓上孤臣恨，李二先生成漢奸。

（第七十二期，二〇一四冬）

何維剛

何維剛（1986-），臺灣大學中文系博士候選人。著有《六朝哀挽詩文研究》，閒時以詩詞自娛。習詩於網路古典詩詞雅集，為興觀詩社、重與詩社社員。

夕行日月潭水社壩步道

半生貪甚是看山，山色沉浮水一灣。
人至仙寰須換骨，天無騷客不開顏。
朱竿釣出秋霞冷，白鷺叼回詩緒閒。
欲向明潭奢夕照，留將日月寫斕斑。

（第六十三期，二〇一二秋）

夜街情侶

星眸許是畏光明，偏向宵深暗處行。
燕侶焉迎青白眼，依偎自遣懊儂聲。

（第七十五期，二〇一五秋）

李孟哲

李孟哲（1987-），臺灣高雄人，畢業後為求溫飽流浪臺灣南北，奈何年至而立仍一事無成，遂回故鄉定居，打工奉養老母兼作宅男。性慵懶內向，惟好玩好讀好寫，聊以打發時間爾。

詠懷

空嶺生孤木，百仞何蕭森。常時涵清露，明月偶照臨。豈意耽幽獨？亦自有本心。紫鳳時不待，層雲良陰陰。歲晚徒寥落，雪霜嚴相侵。一朝捐素志，析為爨下琴。神憑高山杳，意逐流水深。寄語拂絃者，珍重向知音。

（第六十二期，二〇一二夏）

祭先父見寺旁紅梅

蕭寺徘徊獨憶親，空庭疏雨倍愁人。
樓旁紅雪清幽絕，若個枝梢是後身？

（第六十七期，二〇一三秋）

羅金龍

羅金龍（1990-），字幫武，自號芙堂，鬒軒，湖南桃源人，中華詩詞學會會員、常德市詩詞學會、桃源縣詩詞學會常務理事。曾獲首屆華人「百詩百聯」大賽、紀念辛亥百年「三棵樹杯」全國詩詞大賽、紀念杜甫誕生一千三百周年全國詩詞大賽等多項詩獎。公開出版有詩詞集《芙堂吟稿》、文獻整理《羅潤璋集校註》。

甲午詩集出版賦呈諸吟友

可堪塵事感銘予，數載萍桴作客居。
豈意人前虛歲月，蒼茫身後付詩書。
桃花古渡開秦洞，白馬雪濤浮鱖魚。
欲釣滄溟鰲未得，雞林售去價何如？

註：秦人古洞、白馬雪濤，為縣中八景之一。

屬馬自詠

正是青春好，休言髀肉生。
雲吞千里白，氣吐八垓平。

（第七十二期，二〇一四冬）

芙堂詩選

伯樂誰相顧，鹽車道已行。
天山從此去，回首又何情？

（第七十九期，二〇一六秋）

吳佳璇

吳佳璇（1990-），現為執業中醫師。高中二年級時曾自學古典詩詞，大學後便疏於練習，近二年方重拾詩筆。

刪詩不忍

別有深情在此間，人生難得幾痴頑？
風過偶拾繽紛色，一片青春不忍刪。

（第七十九期，二〇一六秋）

敬和大春詞長畫花詩

悄立人間態自真，憑誰勾此好精神？
墨凝澹月窗前白，綀惹微芳雨後新。
袖底拂來何處夢，毫尖滴落一些春。
莫嫌燈下相望久，與爾同為檻裡身。

（第八十期，二〇一六冬）

陳昆志

陳昆志（1990-），桃園人，臺灣師大國文系畢業。國中嘗在考卷書寫岳飛的〈滿江紅〉，班導見狀，說：「不如寫回首向來蕭瑟處，也無風雨也無晴。」對於寫詩與做人，尚在摸索階段。本名昆志，四川方言諧音「苦極」，因以為集名。

壬辰冬末日前夕與沛盈遊烏來二日

今日山河昨日夢，飛花飛雪自飛馳。
請君記取韶光好，滿樹紅櫻未著枝。

壬辰冬絕句　四首錄二

其一

殘菊有心懷傲骨，白梅無意更爭春。
一生微願應誇望，如履如臨怕小人。

（第六十六期，二〇一三夏）

其三

雲低深鎖霧臺花，殘夕曾經照晚霞。
不覺此中應有恨，青山盡處是人家。

（第六十七期，二〇一三秋）

時賢詩選輯
南薰閣詩鈔

楊竣富

楊竣富（1994-），臺南人。現就讀國立成功大學中國文學研究所。習詩於吳榮富老師。

夜過府城大東門

斗懸城北北風斜，一片蕭蕭冷物華。
牆堞已無打春日，路燈猶自照人家。
芳原往昔漫天際，大道可能生野花？
愁想當今農事少，斯門不見召平瓜。

（第七十四期，二〇一五夏）

賞菊

冷蕊何曾共逐春？但隨元亮出風塵。
從來一片皓月色，不把芳心輕與人。

（第七十七期，二〇一六春）

黃亞婷

黃亞婷，筆名昨夜微霜，「掌門詩社」同仁，現任「惜字閣詩詞論壇」心情彩繪版主。在網路設有【心房漩渦】、【墨痕】兩網站。曾獲苗栗縣文化局「二〇〇九年詩詠山城」徵詞比賽第一名獎；徵詩比賽佳作獎。

蝶戀花 暮春

最道春情無酒價，月老糊塗，亂卜鴛鴦卦。自古八千風韻畫，少年盟語皆癡話。　月暗花明私語下，笑問春來，惜字如何寫。得記當年紅未謝，秋園茂靜深深榭。

（第六十四期，二〇一二冬）

菩薩蠻 醉月湖

蒹葭十里湖迢遞，湖濱多少才人替。楊柳對依依，裙釵嬌地垂。　年年春水碧，人在秋邊客。惜取燦陽天，白頭負少年。

（第七十六期，二〇一五冬）

古典詩卷編後語

吳東晟

掌《乾坤》古典詩卷編務以來，淹忽已歷五載。海內外詩人，時賜佳章。玉成之情，無任感荷。今值廿年社慶，乃就五年來刊登詩作，並第五屆乾坤詩獎得獎者，選為一輯，以揚風雅。展卷回顧，歷歷如昨。深覺詩刊之編輯去取，似布置庭園，山水丘壑，花草木石，各有其宜，互為賓主，非一味競秀而已。客遊其間，自取所適。或取沉鬱，或取英發，或取綺麗，或取平淡，要之物類相友也。編輯檯前，每欣琳琅滿紙，不可盡收；復喜琢石見玉，愛詩人之不我負也。亦有偏嗜，《飄鴻》《未名》（吳榮富）留心古今，《掃籜山房》（林文龍）斟酌雅俗，《二巷詩》（張大春）時出瑰製，《題襟集》（孔捷生）沉鬱博麗，《丁山詩》（丁山）經營故事。諸公之詩，皆予之所津津者。乃稍增篇幅，用加介紹。先後位置，純依齒序，不若平日之依賓主地域也。齒序既列，首尊荊老，末殿楊生。代有才人，堪欣薪火之不絕。

丙申年冬　吳東晟敬跋

讀詩人105　PG1753

堆疊的時空
──乾坤詩刊二十週年詩選　古典詩卷

策　　劃	乾坤詩刊社
主　　編	吳東晟
責任編輯	盧羿珊
圖文排版	周妤靜
封面設計	大　蒙

出版策劃	釀出版
製作發行	秀威資訊科技股份有限公司 114 台北市內湖區瑞光路76巷65號1樓 電話：+886-2-2796-3638　傳真：+886-2-2796-1377 服務信箱：service@showwe.com.tw http://www.showwe.com.tw
郵政劃撥	19563868　戶名：秀威資訊科技股份有限公司
展售門市	國家書店【松江門市】 104 台北市中山區松江路209號1樓 電話：+886-2-2518-0207　傳真：+886-2-2518-0778
網路訂購	秀威網路書店：http://www.bodbooks.com.tw 國家網路書店：http://www.govbooks.com.tw
法律顧問	毛國樑　律師
總 經 銷	聯合發行股份有限公司 231新北市新店區寶橋路235巷6弄6號4F 電話：+886-2-2917-8022　傳真：+886-2-2915-6275

出版日期	2016年12月　BOD一版
定　　價	200元

Printed in Taiwan

台北市文化局
Cultural Affairs Bureau of Taipei
本詩選承蒙台北市文化局補助出版

國家圖書館出版品預行編目

堆疊的時空：乾坤詩刊二十週年詩選. 古典詩卷 / 乾坤詩刊社策劃；吳東晟主編. -- 一版. -- 臺北市：釀出版, 2016.12
面；　公分. -- (讀詩人；105)
BOD版
ISBN 978-986-445-181-4(平裝)

831.86　　105025293

讀者回函卡

感謝您購買本書，為提升服務品質，請填妥以下資料，將讀者回函卡直接寄回或傳真本公司，收到您的寶貴意見後，我們會收藏記錄及檢討，謝謝！如您需要了解本公司最新出版書目、購書優惠或企劃活動，歡迎您上網查詢或下載相關資料：http:// www.showwe.com.tw

您購買的書名：＿＿＿＿＿＿＿＿＿＿＿＿＿＿＿＿＿＿

出生日期：＿＿＿＿年＿＿＿＿月＿＿＿＿日

學歷：□高中（含）以下　□大專　□研究所（含）以上

職業：□製造業　□金融業　□資訊業　□軍警　□傳播業　□自由業　□服務業　□公務員　□教職　□學生　□家管　□其它＿＿＿

購書地點：□網路書店　□實體書店　□書展　□郵購　□贈閱　□其他

您從何得知本書的消息？

□網路書店　□實體書店　□網路搜尋　□電子報　□書訊　□雜誌　□傳播媒體　□親友推薦　□網站推薦　□部落格　□其他＿＿＿＿＿

您對本書的評價：（請填代號　1.非常滿意　2.滿意　3.尚可　4.再改進）

封面設計＿＿　版面編排＿＿　內容＿＿　文／譯筆＿＿　價格＿＿

讀完書後您覺得：

□很有收穫　□有收穫　□收穫不多　□沒收穫

對我們的建議：＿＿＿＿＿＿＿＿＿＿＿＿＿＿＿＿＿＿

＿＿＿＿＿＿＿＿＿＿＿＿＿＿＿＿＿＿＿＿＿＿＿＿

＿＿＿＿＿＿＿＿＿＿＿＿＿＿＿＿＿＿＿＿＿＿＿＿

＿＿＿＿＿＿＿＿＿＿＿＿＿＿＿＿＿＿＿＿＿＿＿＿

請貼
郵票

11466
台北市內湖區瑞光路 76 巷 65 號 1 樓
秀威資訊科技股份有限公司 收
BOD 數位出版事業部

(請沿線對折寄回，謝謝！)

姓　名：＿＿＿＿＿＿＿＿ 年齡：＿＿＿＿ 性別：□女 □男

郵遞區號：□□□□□

地　址：＿＿＿＿＿＿＿＿＿＿＿＿＿＿＿＿＿＿

聯絡電話：(日)＿＿＿＿＿＿＿＿ (夜)＿＿＿＿＿＿＿＿

E-mail：＿＿＿＿＿＿＿＿＿＿＿＿＿＿＿＿＿＿